박이도 詩 선집

가벼운 걸음

박이도 詩 선집

가벼운
걸음

시간의 숲

　내 영혼의 자유 의지가 사붓이 찾아가는 곳, 그곳에 시의 정원이 있었다.

　계절이 바뀌고 센 비바람도 지나가고 해와 달이 숨바꼭질하는 세월의 기록이 된 시편들, 특히 연작시의 주제가 된 것들을 모아 보았다.

　홀로 희열하고 비감하는 감성 혹은 소외와 절망의 늪에 빠져드는 이성의 깊이에서 태어난 어휘들이 서로 짝을 짓고 생명을 이어준, 나의 시들이다.

2018년 겨울

박이도 朴利道

/
차
례
/

시인의 말 • 5

1부 침묵의 서_敍

2부 평화의 서舒

3부 시간의 서書

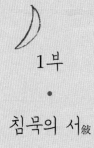

1부

•

침묵의 서敍

＊

敍 ─ 진술하다

일몰日沒

어느 시점에서 하직할까
어느 지점에서 굴러 떨어질까

지금 해는 내 기대를 뿌리치고
고독의 손수건을 흔들며 사라진다

외로움, 두려움, 침묵
죽음의 블랙홀.

잿빛 실종失踪

겨울의 약속이
아침 안개 속에 꾸물댄다
잿빛의 침묵이 지평을 짓누른다
마른 기침 소리에
휘말려 오는 쓸쓸함
언덕 위,
벗은 나뭇가지의 조형造形
그 사이,
겨울의 약속이 엎힌다
사신死神의 꽃이 피어난다
너를 보기 위해
다시 걸어간다
논두렁을 돌고 돌아
저기 잿빛 하늘 속으로
나의 침묵은 사라진다.

침묵 1
– 침묵의 시간

그리운 목소리
들리지 않는, 보이지 않는
낯익은 목소리는 하나의 허상

나도 그런 허상이 되어
숲 속에 숨겨지기를 바란다

영혼만이 살아날 수 있는
말없음의 자유를
영원한 침묵의 의미를.

침묵 2
- 오늘 하루는

오늘 나의 하루는
말을 새롭게 하는 일

시간을 열어 놓고
말을 축적한다
생각을 축적하고
그 모두를 잊어버린다

내 머리는 너무 무거워
물속으로 가라앉을 것 같다

지상의 모두를 놓칠 것만 같다.

침묵 3
– 말할 수 없음의 시간

보라
말할 수 없음의 시간은
얼마나 경건한가
사색의 소용돌이 속의 스스로를 바라보며
옷깃을 여미게 하는
지난날 내 말의 불사름

우주의 한 공간을 점령한 듯
나는 침묵으로 채워지고 있다
억겁億劫의 성취감이
강물처럼 흘러간다.

침묵 4
– 말문을 닫고

말을 익히듯 더듬던 어눌함
남의 말만 뒤좇던 관행에서
이제 말문을 닫는다

지금 말할 수 있는 것은
침묵의 말
어둠으로 집중하는 자유로운 말이
전류처럼 흐른다

내 말을 찾아야 한다
그 시간의 흐름은
얼마나 빛나는 진실인가

오랫동안 사라지지 않는
엄숙한 지혜
나만의 시간
나의 참모습이 메아리져 온다.

침묵 5
– 별을 바라보며 말할 수 있는 것은

홀연히 어둠이 내게 왔을 때
산만했던 사실들은 사라지고
비로소 나는 우주와 마주 앉는다
저 당돌한 별들의 접근,
지호지간指呼之間에
한마디 건넬 수 있는 말
그 말은 무엇일까
내 음성은 어떻게
저쪽에까지 퍼져 나갈까

별을 바라보며
내가 말할 수 있으리라 생각하는 것
침묵의 말이어라.

침묵 6
– 침묵의 언어

이 세상 사람들에게
내가 들려주고 싶었던 말들은 무엇이었나
이 많은 사람들로부터
내가 듣고 싶었던 말들은 무엇이었나

모두 부질없는 일
세월은 침묵의 역사

이제 더는 말하지 않고
더는 말 듣지도 말며
침묵하고 홀로이고 싶어
무성한 숲 속
자연의 골짜기에 들다

내 안으로 귀 기울이면
거친 숨소리뿐,
생명의 숨소리 자연의 숨소리

그 다음

정적의 순간,
그 짧고도 영원한 순간

침엽수 사이로
침묵의 언어가 쏟아져 내린다
세월을 앞질러 오는
투명한 햇살이 소리 없이 꽂힌다.

득음得音

한여름
깊은 잠에 든 이 대지에
나는 귀를 기울인다

햇살에 숨 쉬고
달빛에 이슬 머금는 원시림原始林
이 비밀한 속삭임에
나는 말을 잊었네

우람한 침엽수의 밑동에
도끼를 들어
힘차게 내려찍는다

마음속에 숨겨 두었던
단호한 결의가
숲 속을 뒤흔들며 퍼져 나간다

아- 침묵이 깨어지는
순간의 위엄威嚴

대지는 깊은 잠에서 깨어나고
우주를 일깨우듯
메아리쳐 돌아오는 붉은배새매 소리

나는 감히 자연에 경종을 울리는
예언자일 수 있을까

신의 계시를 득음하는가
목을 빼낸 거북의 자세로
우리 모두 귀 기울이는가.

서리꽃

먼동이 트자 허허벌판
겨울 아침이 반짝인다
들에 있는 모든 것
서리꽃으로 피어 새 형상形象을 짓고
밤사이 쌓인 침묵, 내 걸음마다
하나하나 바스러진다
자연 음 그대로
내 의식을 깨우는 소리이다

마을 집 굴뚝마다 연기가 솟아오르고
내 입김이 숨차게 터져 나온다
살아 있는 생명들마다
숨을 쉬는가, 이 죽음의 계절에
겨울 들판을 허망보다 더 섬세한
서리꽃의 생령生靈이 살아 움직인다.

돌밭에서

너는 지상의 별
아직 이름할 수 없는
원시의 형상

물먹은 강돌이
제 색깔로 드러나며
꽃의 형상을 짓는다
햇빛 먹은 물돌은
살아나는 몸짓으로
새의 형상을 짓는다

너를 무엇이라 이름할까
이 지상의 별자리에
하늘이 내려앉아
태곳적 침묵을 깬다.

겨울 풍경

떠도는 소문은
눈이 많이 내리리라고 한다
아무도 헤쳐 나갈 수 없게
한 길 두 길 깊이로 쌓이리라고

떠도는 소문은
우리들 곁에 주검이 다가왔다고 한다
마른 지푸라기에 내린 서리를
가만가만 밟고 서성이다가
다시 강둑으로 사라졌다고 한다

땅속의 작은 씨앗들은
마냥 단단한 껍질을 비벼대며
어둠을 헤쳐 나간다
흙 속의 터널로 떠나간다

아 겨울은 끝내 가고 말 것인가
헐벗은 미루나무
깡마른 사람들이 잠든 사이

소문처럼 사라질 것인가
남풍에 떠밀려 사라질 것인가.

지구는 물속으로 빠져들고 있다

가늠할 수 없는 세월, 빙하기의 역사는 강고強固한 결빙의 침묵으로 그 시원始原을 끝내 밝혀 주지 않는 벽이었다. 영성靈性에 가리운 신의 침묵처럼.

내 생애의 어느 순간, 나는 북극 빙하와 마주 섰다.

빙하는 침묵을 깨고 쿵-쿵- 간단없이 비명을 지르며 무너져 내린다.

나는 무너지는 빙벽 앞에서, 침묵할 수밖에 없는 한 마리 갈매기.

나는 빙하기의 역사 앞에서, 지구의 온난화로 치닫는

인류 문명의 역사, 인류 탐욕의 역사가 배설하는 열기가 초래한 이 지구 최후의 날을 암시하는 빙벽 앞에서

왜 나는 침묵할 수밖에 없는가.

이미 지구는 물속으로 빠져들고 있다.

유대 민족의 통곡의 벽을 넘어 여기 북극 빙벽은 인류의 통곡의 벽이 되어야만 하겠는가.

가늠할 수 없었던 빙하기의 신화가 무너지고 있다.

이 거역의 세월 앞에서, 쇄빙선碎氷船 대신 노아의 방주를 다시 띄워야 할 때가 오는가.

기러기 1

기러기 가네
무작정 가기만 하네
간다 온다 말없이 잘도 가누나
끼룩끼룩 장송곡에 맞추어
하늘나라 가네

주검이 보인다
불에 탄 회색 들판엔
까맣게 타 버린
나뭇가지와
무덤이 몇 개 보인다

내 동정童貞에 묻어나던 핏발이
하늘 끝으로 무너지고
이 저녁은 엄숙한 장례식
끼룩끼룩 적막을 깨고
기러기 가네.

기러기 2

허망한 실종이다
원색原色의 하늘 속
기러기 간다

끼룩끼룩 흐느끼며
얼어붙은 하늘 끝으로 간다
뒤뚱거리는 화살표 그으며
북으로 간다
거기 황홀한 세계
천년의 역사가 보이는가
지상은 어둡고
지상은 춥고
엽서 한 장이 불타고 있다

황망히 떠나간 기러기
외로움이 어둠 속에 잠긴다
깊은 늪 속으로
흐느적인다.

높은 곳, 먼 곳에

밤으로 들어가는 터널,
그림자마저 떨쳐 버리고
오직 홀로 남아서 눈을 뜬다
밤이 깊어 갈수록
잠 깨어 있었네
보석처럼 빛나는 별을 바라보며
눈물, 눈물 흘려야지

밤과 낮의 어느 시간에도
죽음의 그림자는 있는 법
영혼이 살기 위하여
나는 죽어야 함을

어둠 속에서만 들려오는
이 침묵의 말씀
폭풍으로 쏟아지는 빛의 환영幻影을
온몸에 받으며
불꽃처럼, 보석처럼
스스로 타 버려야 하네

깃발이 나부끼듯
하늘 높이 날아간
비둘기 떼의 나래 짓으로
이 순간을 뛰어넘어야 하듯
높은 곳, 먼 곳에
나의 형상을 붙들어야 하네.

외로운 말_들

세상은 너무 넓어서
세월은 너무 깊어서
혼자 살아가기엔 두려운 곳
시장 바닥이나 역 광장에서
인파 속에 숨어 다니는
혼자만의 세월을 쫓기다가
밤늦게 돌아와 선 대문 밖,
잠긴 대문 안에
멍멍이가 반가운 소리를 지른다
멍멍이의 산울림에
빗장이 열리며
하늘 끝까지 열려 오는 뜨락,

왈칵 밀려오는 격정
하루 종일 뱉어 낸 말들이
하늘의 별처럼 떠다닌다
강물에 떠가는 고기 떼처럼
나의 말은 중력을 잃었다
거짓 없는 멍멍이의 발성

끝내 손짓으로 건네는
나의 사랑
덱데구루루 덱데구루루
어둠 속에 굴러가는
나의 외로운 말
돌아오지 않는 메아리.

나 홀로 상수리나무를 바라볼 때

실수처럼 내 손에서 떨어진
꽃 한 송이
강물에 떠내려간다

낮달처럼 내 품속에서 떠나간
사랑의 체온,
흐르는 강물에 부서지는 햇살처럼
숨을 죽인다

이제 내 마음속에선
아프게 아프게 되살아나는
지난날의 그림

모든 이웃을 등지고
마을을 떠나는 이 죄인의 그림자를
지신 밟듯 짓밟고 가는
소 한 마리

성황당 비탈의 상수리나무에서

일제히 뜨는 새들이 부럽다
젖무덤 같은, 멀리 보이는
산등성이 너머
불타는 노을이 그립다
이 적막함이 두렵다.

비 1

먼 곳에서
조심스레 찾아오는
비의 입김은
이른 아침, 나팔꽃의 입술에
생기生氣로 스며드는
천연색 비타민

비는 항상 부활한다
대지에서
죽고 다시 사는 초목으로
머나먼 강물처럼
살아오는 부활이다

비의 생명은
천리 밖
우레 소리에
놀라 깬
함석지붕 위의 낮잠이다

후드득 후드득
내 가슴을 치고 가는
건반鍵盤 위의 그림자이다.

비 2
– 비에 젖는 풍경

도시의 처마 밑에서
비를 바라본다
헐벗은 옷을 적시고
마른자리로 찾아드는
등이 굽은 사람들의 행렬

도시의 처마 밑에선
모두가 젖는다
플라타너스
빌딩의 모자이크
모두가 젖고 있다

행상行商은 뛰고
여인은 숨는다
비에는 모두가 무너진다
머리칼이 젖듯
마음도 젖는다

빗속을 질러

크게 불러보는 이름들,
아우성의 소리뿐
무너지는 도시
어둠이 깔리며
가로등에 매달리는 비

우산 속에 파묻은 과거
후련하게 비에 젖는다
눈물에 젖는다
비가 오는 날은
내 곁에 아무도 없는 날.

어둠이 내리는 시간엔

겨울이 오는 길목
어둠이 내리는 시간엔
희끗희끗 주검이 보인다
어둠에 짓눌리는
일체의 사물을 헤집고
작은 암호가 빛을 낸다

하늘엔 별빛이 돋아나고
지상엔 등불이 켜지는
아, 영감의 시간
소리 없는 웃음같이
희끄무레한 연기가
굴뚝 위에서 날아간다

대지에 숨어버린
어둠에 숨어버린
침묵의 생명들
오직 암호가 반짝일 뿐
죽음의 세계가 보이지 않는다
어둠이 내리는 시간엔.

저녁노을이

그리움을 숨기면 고독이 되고
슬픔을 숨기면 눈물이 되네

날마다 서산마루에 걸리는
저녁노을이
내 그리움 슬픔인 것을

바람결에 들리는 새소리
어둠 속으로 사라지는 황톳길
저녁노을은
빛과 그늘이 한 속이 되는 시간

내 고독은 깊어지네.

포효 咆哮

천천히 방아쇠를 당긴다
틀에서 빠진 수레가 굴러가듯
두 개, 세 개의 표적이 흐느적인다
끝없이 밀려가는 이 소리,
드디어 언어가 되고 빛이 되어
아— 크낙한 화음이 된다
기억력도, 상상력도 다 승화昇華하고
나는 어디에고 없다, 없어

어둠이 그물 치는 밤의 진가眞價를 나는 안다
퍼져 가는 저 천성天聲의 흐름 속엔
수없이 많은 이야기가 휩쓸려 간다
들을 수는 있어도 옮길 수는 없는 이야기
흰 눈이 쌓여도
밤은 말이 없다
들리지 않는 숨소리로
침묵의 언어를 빚어내고 있을 때
누군가 또 한 번 방아쇠를 당긴다
시원始原의 산울림이 고告하는 포효를

비로소 체험한다

웃으며, 이렇게 웃으며

어둠 속으로 방아쇠를 당긴다.

발견

이성의 깊이에서 살얼음이 깨어진다
감성의 깊이에서 풀꽃들이 흩어진다
신앙의 깊이에서 연민의 울음이
깊이깊이 나의 현실을 난타亂打하고 있다

지금은 발견의 때,
현신現身하는 삼위三位는
저 어둠 속의 나그네와 같이
문밖에 쓰러져 이슬에 젖는다
나의 소유였던 한 줄의 생명은
꿈의 저쪽으로 떨어져 가고
나의 애정이었던 지상의 풀꽃들은
꿀맛 같은 입술의 환각幻覺에서 깨어나
땅거미가 지는 언덕으로

커다란 신神의 그림자를 따라
불빛을 찾아 아침으로 환원하는
발견의 시간,

서둘러 이르는 곳에
또한 나의 약속이 있다.

그늘처럼 다시 채워지는

겨울
산골 논두렁에서
피어오르는 쥐불 연기
하얗게 계곡을 감싸고
짧은 겨울 해를 막는다
허허벌판에선
바람의 나침반처럼
부는 대로 사라진다
화살촉이 손에서 떠나듯
그렇게 사라진다

이미 사라진 것들을
그리워하면 무엇하랴
눈부신 아침을 기다려
이 어둠, 내 마음속의 어둠과
맛불을 지펴
밤의 정령을 살라 먹는다

어디에 숨은들

그것은 안주安住일 수 없듯이
어디로 떠나도
그것은 역시 방랑일 뿐

눈부신 아침에도
그늘처럼 다시 채워지는
인생의 그림자.

익사 溺死

누구와 살다 이 세상을 떠났나
못 이뤘던 사랑이 파도에 밀려나와
수런대는 갈밭에 보름달을 띄웠네

육신은 어찌할꼬
달빛에 드러난 저 얼굴,
울고 가는 기러기 사연에
외롭다 하직下直하는 낙엽 속에 묻어라

찬비 오는 하늘에 오를까
해밝은 모래밭에 누울까
의지할 곳 없는 영혼
가을꽃에 숨어라
가을꽃에 숨어라.

거울

거울은 요지경
내가 들여다보는 거울 속엔
얼룩진 눈물자국뿐이다
아니 온통 개나리꽃이,
진달래꽃이 피어난다
아니 파도같이 함성으로
군상群像의 떼가 밀려온다
아-퍼덕이는 내 맥박을
지레 밟고 지나간다
한 송이 꽃송이가
나동그라져, 무참히
짓밟히고 있다
내가 흐느끼고 있다
내가 목메이고 있다.

자연송自然頌 5편

외로운 한 그루의 전나무처럼 홀로 떨어져
높은 곳을 향하여 나는 서 있다. 그림자도 없이,
나의 가지엔 다만 산비둘기가 둥지를 틀 뿐이다.
— 키르케고르

별

천체는 하나님이 지으시다
그 중 별들은 나의 것
목동이 양떼를 보살피듯
밤마다 지켜 온 별자리

풀밭에 누워
하늘의 별을 바라볼 때
화살표 그리며 떨어지는
작은 별
아, 별 하나 잃어 버렸네

그 별을 찾아

밤새 꿈꾸고 있었다
나의 소유였던 너
이제는 소중한 사랑의 씨앗으로
땅 속에 묻어 놓고,
오늘도 나는 가난하지 않다
보석상, 그 많은 보석의 주인보다
들판 가득히 넘치는 낟알을 두고
흐뭇하게 잠든 농부보다
나는 더 많은 별을
하늘에 두고
밤마다 주인이 되네

헛간 가득히 쌓이는
소 울음도 아침이 오면
적막에 묻히네
천체는 어디로 가고 있을까
내 별들은 어디에 숨었을까.

달

아무 말 없이
살며시 숨어 버렸네

호수 면엔
어둠이 일어난다
실바람이 일어난다

숲 속에서
작은 목소리로 노래하듯
꽃잎이 피어난다
그 찬란한 빛깔을 숨긴 채

아직
숨어 있을까
잠자고 있을까

오늘밤에는
내 마음속에 담아 보랴

하늘에 떠 있다가
호수 면에 숨어 버린 달

깨어지지 않게
깨어지지 않게
자장가 부르며
내 마음속에 담아 보랴.

해

눈부시어 눈부시어
형상을 잡을 수 없는 거인巨人
모두를 불로 삼키려는가
숲 속 온갖 짐승이 환호하는
금빛 사자獅子여

산과 산이 손뼉을 치듯
하늘 높이 치솟는 함성

크게 눈동자를 그리며
멀리 돌아오는 메아리

내 들어갈 수 없는 나라
언덕 위 우뚝 선 성곽城郭
그 안을 환히 비추다 가는
금빛 가슴

눈부시어
눈뜰 수 없는 나,
한아름 원을 그리며
나를 감싸 버리는 거인巨人의 팔.

돌

너는 지상의 별
아직 이름 붙일 수 없는
원시의 형상

물 먹던 강돌이
색깔로 드러나며
꽃의 형상을 짓는다

햇빛 먹은 물돌은
살아나는 몸짓으로
새의 형상을 짓는다

말씀이여
무엇이라 이름할까
이 지상의 별자리에
하늘이 내려앉아
태고의 침묵을 깬다

내 피를 받아 숨을 쉬어라
물소리에 울어 보고
물빛에 눈을 떠 보아라.

미루나무

하늘 높이 치솟아
구름을 잡을 듯
항상 위태한 손짓

태고의 세월을 묶어 두고
바람 소리에 귀가 뜨이며
아침 햇살에 눈이 뜨이는
까치 방의 작은 생명들

내 귀를 뚫어 내는
자연의 모음母音

하얀 별
까만 돌
까치 방에서
새 생명을 얻고

미루나무는 더 깊은 곳으로
노를 저었다.

어머니가 가르쳐 주신 말

오늘도 나는 어머니가 가르쳐 주신
모국어로 말하는 하루가 되기를 원합니다

나의 허물을 깨닫고 남의 허물은 감싸주는
온유와 사랑의 말만을 하게 하소서

새벽 산골짜기에 쌓이는 안개 속에
분명한 신상神像, 침묵의 계시를 묵상하게 하소서.

2부

·

평화의 서舒

舒—펴다

◯◯◯

저 울음은

어디선가
한 사람이 울고 있는 것 같다
주검처럼 조용한 이 밤을 뛰어나와
새삼 살아 있음을 깨달아 보며
공허하고 엉뚱한 실재감에 압도되는
한 사람이 울고 있는 것 같다
나의 내심에 이 울음은
성급한 불길처럼 번져서
거센 바람을 타고
저 어둠 속으로 질주하는 것 같다

밤의 천체는 살아 움직이며
위대한 섭리 앞에 다가서는
항해航海
운명같이 진척進陟되는 고요에 싸여
어둠 속에 이끌려 나온
밖의 어디인가
지금, 한 사람이 울고 있어
북을 치고 꽹과리를 울리며

내 가슴을 찢는 것 같다

저 울음은
신神에게 굴복하는 방언인가
군중에게 항거하는 분노인가

텅 빈 광야에서
그는 커다란 목소리로
메아리 되다가
더러는 별이 되어 반짝이며
하늘에 떠 있다가,
곤히 쓰러져 잠든
나의 문 밖에
이슬이 되어 내리는
전능의 목소리로
순수의 형상으로
그는 울고 있는 것 같다

어디선가

이 한밤의 울음은
멍든 내심에 찾아온
최후의 음성으로
가위눌림 같은 악몽의 사슬에서
나를 일깨우고 있다
나를 일깨우고 있다.

경악 驚愕, 혹은 자유

밤새 바람이더니
감꽃이 졌다
하얗게 흐느적이며
풀섶에 숨는다

오늘 아침 나의 뜰에선
어둠과 함께 우수 憂愁도 떠난다
깊은 계곡의 푸름이 비춰 오고
흐르는 물소리가 들려온다

뜰에 나서면
하늘을 나는 자유
새들의 반짝이는 깃털을 향해
흰 수건을 흔든다
태고의 형상들을 되새기며

조간 朝刊이
피를 흘리며 쓰러져 있다
아, 새로운 우수가

가득가득 헤쳐 나온다

나는 종일
후박厚朴 그늘에 누워
나는 것들의 자유를 낚는다
흐느적이는 감꽃들의
정절貞節을
경악으로 환치換置시키며
어디에선가의
전화 벨 소리를
꿈속으로
멀리멀리 날려 보낸다.

바람의 산성山城

바람의 산성에 가 보셨나요
걸어서는 갈 수 없는 태고의 숲
꿈엔 듯, 구름 타고 바람 따라
숨결로만 들어갈 수 있는 나라
수문장이 된 소나무와 활엽수들이
세월을 지켜주듯 바람을 거느리고
온갖 식물이 활개치고 자유를 누리는 곳
숲은 빽빽하고 계곡은 깊어
새소리는 물소리에 잦아들고
손뼉 치는 폭포 소리에
음치音癡 꿩이 놀라 격음激音을 지른다
은방울 꽃 속에서 잠을 자다,
은방울 구르는 소리에 춤추듯
새벽안개 밭으로
바람의 날개를 타고 날면
나는 은방울 새가 되어
바람의 산성을 날아오른다
층층나무, 대나무 숲을 건너
뽕나무 가에 명대 계곡,

폭포 아래 연못이구나
송사리도 떼 지어 하늘 속을 헤엄치는
평화의 나라 바람의 산성에 가 보셔요.

평화 1

선전포고도 없이 공습하는 기관 포성은
함석지붕 위에 쏟아지는 소나기처럼
따 타 타, 따 타 타
평화의 종을 난타한다

전쟁은 터지고
전쟁은 또 하나의 전쟁을 위해
평화의 종을 난타한다

거울 같은 호수의 수면은 평화
우리의 마음 바탕은 본디
평화, 사랑, 꿈

자연의 바람이 스쳐갈 때
우리 생각의 방향은 미래
평화를 꿈꾸는 사랑의 종소리
평화에의 염원이
비둘기의 나래 짓처럼

푸른 이파리들의 함성처럼
미래로 달려간다.

평화 2
– 자유와 평화

평화는 싸워 쟁취하는 것
타협으로 평화를 구걸하는 것은
굴종으로 노예가 되는 것

자유는 살아 숨 쉬는 집
산 정상에 고고히 떠 바람을 타는
독수리의 눈동자처럼
뚜렷한 목표와 결의가 숨 쉬는 곳

자유는 스스로 누릴 수 있는 세상
숭고한 생명이 갈망하는
내 안의 평화

자유 없는 평화,
평화 없는 자유를 위해
목숨을 바치는 생명은 영원하라.

평화 3
– 평화를 생각함

전쟁은 전쟁을 불러내고
누군가 우리들 심장에 총구를 겨눈다

평화에의 염원은
요원遙遠의 불길이 되었구나
그럴수록
평화에의 갈망은 샘물처럼 솟아난다
투쟁하는 이념理念의 문화 속에
눈물겹도록 그리운 세상의 인정人情

본디 지구는 自然의 땅
　　　　　自由의 나라
　　　　　平和의 세상
그 한가운데 낙원이 있었네
인간이 있었네

우리들 자유 의지의 염원
평화에의 비원悲願은
어디, 어디에 숨어 있나?

하회河回탈

저들이 어째서 웃고 있나
우리를 웃기고 있나
나무탈들이
하나씩 생명을 얻어
들놀이를 한다
산주山主도 되고
양반도 되고
못난이도 되고
총각 귀신도 되어
온 마을을 웃기고 있다

아, 그 웃음 뒤에
어느새 흘러내린 눈물이
햇살에 반짝이고 있다
나는 웃어도, 나는 웃어도
결코 나는 우스운 존재가 아니라고
하회河回탈은 노래한다

죽은 이웃들의 모습이

하나하나
얼굴에 하얀 분 바르고
눈물을 가리고 나온다
덩실덩실
강물에 박을 띄우고
모든 슬픔을 잊어버린다.

내 詩의 첫 줄은

내 詩의 첫 줄은
항상 낯선 길에 나서는 어린아이와 같아
어디로 가는 것인지
무엇이 나타날 것인지 궁금해

어둠이 순두부처럼 흩어지며
우윳빛 새벽 동이 트여 오는 그 길로
엄마 찾아 허둥대며 나서던 겁보

호기심이 커져 설렘으로 치달리면
가슴의 맥박은 큰 붕알 시계 소리처럼
기우뚱 기우뚱 숨이 차다

내 詩의 첫 줄은
따뜻한 마음속 박동치는 음악에서 온다.

판화版畫 속의 기러기

나그네 길에 오른
기러기 떼는
산맥을 타는 바람에 실려
강물처럼 쉬임 없이 날아간다

별밭을 지날 땐
은하수를 타고
무지개 서는 들판에선
모여 사는 사람의 마을에
찔끔 여우비를 뿌려 평화를 기원한다

노을이 지는 서산西山에선
더 넘지 못하고
내 판화 속에 박히고 마는
기러기
그때부터 너의 울음소리가
내 심장에 흐른다.

솔거奉居

수북이 돋는 청솔을 빗질하며
등허리를 편다
바다 갈매기를 잡아
청솔가지에 매어 달고
한 백년쯤 뒤로 물러선다

끼억끼억 날아드는 환영幻影,
귀밑까지 흘러드는 파도 소리에
이제 숨이 차다
흰 구름의 손짓을
벽에 새긴다

소나무는
버섯만 하다
우산만 하다
초가집 지붕만 하다
저녁답 노을 불에
모두를 불태워 버리고
밤새워 열병을 앓는다

자라나는 형상
벗겨지는 껍질의 의미
바람을 찌르는 솔잎의
일편 청심—片靑心

한 마리 용의 허리를 붙잡아 세우고
그 비늘에 풍상風霜을 새긴다
천년쯤 뒤에 새로 돋아날
신통한 채색을 한다

뒤로만 비끼는 바닷바람에
노송老松에서 갈매기가 날아간다
그는 흰 수염을 쓰다듬고
헛기침을 한다.

투명체 1

어디에선가
이슬은 어둠을 헤집고 오신다
어디에선가
해는 어둠을 물리치고 오신다
이슬은
노란 햇살을 맞아 드디어
투명한 생명체로 태어난다

이슬과 해가 함께 이끄는
경이로운 우주
지상의 만물은 오늘도 안녕하신가?

투명체 2

이른 아침 너의 앞에 서면
끝내 손댈 수 없는 순수를 본다
빛이 스치는 순간
비로소 숨 쉬는 생명의 탄생

투명하고 차가운 우주
내 눈물보다 더욱 순결한 사랑

밤사이 빚어진 신비의 나라
네 속에서 씨앗으로 탄생하고 싶다
대지 속으로 스며들고 싶다

그리고 울고 싶다
다시 태어나는 이슬이고 싶다.

새벽꿈
― 언어를 낚는

새벽꿈에
바닷가 어부가 된다
빛의 언어로 그물 치는
싱싱한 언어를 건져 내는 어부

바다에선
빛이 쌓이는 것을 볼 수 있다
금화金貨처럼 흩어지며 의미를 낳고
정갈한 이미지를 보여 주는
미지未知의 언어를 낚는
새벽꿈

어젯밤엔
눈이 내렸다
계속 쌓이는 눈길로
혼자 떠나고 싶다

내 발자국도 묻혀 버린
완전한 실종 선고를 받고

눈사람으로, 미라로
그냥 입상立像이고 싶다
아직 의미가 없는
야생의 원목이고 싶다
처음 떠오르는 언어이고 싶다.

무사武士

무사武士가 칼을 뽑는다
그때 차라리
나는 무형의 바람이기를
아니, 칼의 날이기를 바란다
물도 자르고 바람도 자르는
시퍼런 칼날이기를

아니, 나는
칼의 자루이기를 원한다
감정의 뿌리를 꼭 쥐고
오래 생각할 수 있는 자루이기를
뿌리 뽑을 수 없는 아카시아나무같이
깊이 생각하는

아니, 아니
차라리 자갈이기를 원한다
아무나의 발부리에 채여도
의연함 그대로인 자갈이기를

떨어진 날과
뽑힌 자루를 두고
빈 칼집에 한恨을 담는다
물과 바람의 형체와
맞서는 무사이고 싶다.

겨울 1
– 겨울 나그네

먼 길 떠나기 위해
단잠에서 깼다
아직 어둠이 머뭇거리는
새벽하늘에 아침이 온다
희끗희끗 날리며 앉으며
순식간에 천지를 휘감아
화살 짓는 눈발
서로 부딪치며 떠밀리며
지상엔 하얀 폭풍이 인다
나뭇가지 위의 새둥지가
툭 떨어지고 새들이
포롱포롱 황급히 떠난다
굳게 닫힌 성당聖堂 문이 삐꺽
천장에 누워 있던 12사도使徒가
모자이크를 털어내고 걸어 나온다
뚜벅뚜벅 눈 속으로 떠나간다
그 뒤를 내가 따라나선다
열둘 그리고 열셋의 발자국이
하얀 폭풍 속으로 사라졌다
발자국 뒤로 남는 헛기침 소리.

겨울 2
– 겨울 꽃

말하지 마세요
눈 뜨지 마세요
끝내 순백의 꽃으로 강림하는
이 황홀한 생명을
우리 마음속에 맞기 위해
사랑의 말을 숨겨 두세요
맑은 눈동자를 숨겨 두세요

그는 무형한 것으로
오래 오래 하늘에 숨었다가
시인의 눈을 뜨게 하는
결백한 꽃으로 옵니다
시인의 사랑을 펼쳐 주는
겨울의 언어로 옵니다
형언할 수 없는 회색의
하늘을 펄펄 날아옵니다.

겨울 3
– 겨울 소묘素描 첫 번째

겨울밤 창호지엔
죽은 자의 한恨이 서린다
잠 깨어 있는 강아지의 귓전에도
목쉰 비원의 소리가
설산雪山을 넘어가는
말방울 소리처럼
쩔렁쩔렁 마당귀에서
들려온다

이향離鄕하는 농부의 적막이
소나무 가지에 걸린 탯줄처럼
꽁꽁 얼어붙었다
고드름 따 칼싸움하던
동심童心이 운다
입속에 곶감을 사르며
겨울, 겨울을 앞장서
쫓겨 가는
생명이 간다
체온의 눈물이 흐른다.

겨울 4
– 겨울 소묘素描 두 번째

아궁이마다 불길을 빨아들이고 산간의 매운바람이 창호지를 울리는 한겨울, 그 겨울이 그림 폭처럼 우리 마을에 다가온다.

겨울의 사물은 건강하고 겨울의 음향은 위대한 여운을 준다. 또 겨울은 봄을 기다리는 우리에게 희망을 안겨 준다.

헤어질 수 없는 사랑의 결실처럼 사멸死滅할 수 없는 소생의 기약을 비정非情한 북풍에 실어 보낸다. 앙상한 소나무에 눈이 내려 백화百花가 되고 일체의 외관은 자연뿐이다. 나의 시력만으론 감당할 수 없는 자연이 있을 뿐이다.

겨울 5
– 겨울 에스프리

겨울의 한복판
너른 들에 눈발이 날린다
깃털보다 가벼운 무게
데일까 조심조심
내려앉을 듯 말 듯
돌연 솟구쳐 허공을 맴돌아
서로 부딪고 흩어지며
제자리를 찾아 춤을 추누나
지금 철원 벌은 절대 자유의 공간

연미복을 입은 두루미 떼
쌍쌍이 벌이는 사랑의 축제
긴 목을 곧추세워
몇 발짝 성큼성큼 가다간
돌아서서 마주보고
긴 목을 휘저으며 호소하는 소리들
떠도는 눈송이, 눈발 속으로 묻힌다
마른 풀잎 뜯어 허공으로 날려도 보고
날개를 펴 퍼덕이며 춤추는

이 사랑의 에스프리
봄을 예감하는 축제
자유를 일깨워 주는 곳, 자연의
품에 안기다 희망이 보이는가
눈을 감자, 미래를 향해
귀를 기울이라.

딱따구리

오솔길이 끝나는 곳에서
문명의 환청, 찬연한 음악이
사라진다 그 사라지는 방향으로
가부좌를 틀고 앉아 심호흡을 한다

울창한 활엽수 군락 속에서
원시의 소리가 귓불을 때린다

여기에선 눈멀고, 귀 먼 짐승이 되자
안으로 가시 돋친 심성을 고르며
먼 데 바다의 우람한 소리에 귀 대어 본다

어느 순간, 숲 속의 저격수
딱, 딱, 딱다그르르
계곡과 계곡을 메아리쳐 오는
이 맑고 경쾌한 소리

햇살에 빛나는 금관악기가
숨차게 고음을 뿜어내듯

고요를 깬다

나는 드디어 숲 속의 제왕
딱따구리와 마주 선다.

자연학습

눈으로는 볼 수 없는 것
몸으로는 느낄 수 없으나
시간은 나를 이 땅에 싣고
어디론가 움직여 나아가고 있다

지구는 공전의 힘으로
사계四季의 세월 속에 우주를 항해하고 있다

자연인과성自然人果性*을 따라
자연으로 돌아가자**

살아 숨 쉬는 원시림
생명의 비밀을
우주의 섭리를
깨달아 아는 세월
사유思惟의 숲으로 가자

신神의 하얀 신전에 기대어
원시原始 맑은 피를 받고 싶다.

* 아리스토텔레스는 〈자연학〉에서 자연을 정적인 존재가 아닌 스스로 생성 발전하는 원리를 내포한 생동적인 것으로 규정했다.

** 루소가 부르짖은 '자연으로 돌아가라'는 표어에는 인간이 불평등 사회의 문화를 버리고 자연으로 돌아가서 자연 질서에 따른 평등 사회를 새로이 건설하자는 사상이 들어 있다.

빛과 그늘 1

정오의 타종打鍾
잠시 시간은 멎고
지상의 안식을 고告하는
낯익은 음성이 울려 퍼진다

육신의 귀로는 들을 수 없는
햇살의 속삭임
육신의 눈으로는 보이지 않는
평화의 나래 짓

정오, 잠시 사라진
내 그림자를 잊고
나는 가벼이 뜬다.

빛과 그늘 2

오후 2시
교회당엔 인적이 끊이고
빛과 그늘이 모여든다
종탑을 감싸 안은
담쟁이넝쿨에
빨간 잠자리가 앉았다
어느 순간에 날아갈지,
투명한 빛과 그늘의 멈춤.

빛과 그늘 3

오후 3시
교회당 서컨 벽이 부서져 내린다
미루나무 그늘이 덮쳐
모래톱이 부서지듯
벽돌 벽이 허물어지며
안과 밖이 하나가 된다
빛과 그늘이 사라지는
이 찰나.

빛과 그늘 4

낮잠에서 깬 개 한 마리
늘어지게 기지개를 켠다
마을 길 따라 사라진 후
뜨락의 적막

교회당 벽에는
빛과 그늘의 해후가 이어진다

기쁨과 사랑의 설렘
소리 없는 박수 소리로 울려 퍼지고
드디어 센바람이 몰려온다
뜨락엔 번개와 우레가 치듯
빛과 그늘의 격정이
육신의 허물을 부숴내고 있다.

자유의 형상을

그는 누구입니까
들리지 않는 목소리
보이지 않는 얼굴
그러나 어디에서나
조용히 웃음 짓는 형상

아무것도 들을 수 없는
깊은 어둠의 수렁 속에
허우적대는 나
가슴을 치고 어둠을 두드립니다

낮은 목소리로 부르는,
조용조용 다가와
내 손목을 꼭 잡아 주는
그는 누구입니까

아, 나는 울고 싶은 나무
들리지 않는 목소리
보이지 않는 얼굴

그를 맞기 위해
돌멩이처럼 하늘 높이
던져지고 싶은 나무,
훨훨 날아가고 싶은
참 자유의 형상을 그립니다.

오늘밤엔

아침 이슬 머금고
피어나는 감꽃 향기
지상은 눈부시게 살아 있다
자연은 자유를 만끽하고

나는 그리움에 시름시름
병 앓고 꿈은 부서진다
비바람 치던 들판에서
피할 곳 없던 그날 밤

오늘밤엔
이 육신을 잠재워 두고
영혼은 은하수에 떠오르리

오늘밤엔
수화기를 내려놓고
도적같이 빠져 나가리라

진정 만나야 할 분은

지상地上 어디에서도 가까이할 수 없었던
한 사람, 그분의 형체를 찾아
은하수에 떠오르리

오늘밤 먼 길
홀로 떠나리라.

회상의 숲

내 회상回想의 숲 속엔
이제 아무도 거닐지 않는다
밤바다에 닻을 내린
목선木船의 꿈처럼
뒤척이는 물소리에 사라진
내 어린 그림자의 행방을
이제 아무도 모른다

조그만 손으로 눈을 가리고
호랑이 흉내를 하던 나의 과거를,
옥수숫대로 안경을 만들어 끼고
신방新房을 차리던 볕바른 토담에
까치옷과 부딪쳐 눈물 흘리고
나의 생가生家를 둘러선
밤나무 숲 속에서
가슴 졸이던 유년 시대

내 사랑의 싹이 움트고
내 지혜의 은도銀刀가 빛나던

밤나무 숲 속,
새들의 노래는 퍼져 가고
노을 속에 물드는 강물의 꿈은
멀리멀리 요단강으로 흘러가듯
그때 발성發聲하던 내 목소리를
이제 누가 기억하고 있으랴.

시로 깃들다

언어로써 치환置換된 내 사상
그 낱낱의 담화의 형식들
시로 깃들었던 내 이상
이제 때가 되었네, 때가 되었네
육신의 허물을 벗고
한 마리 잠자리로 날자
자유의 시공時空으로 날자

내 허물 벗는 소리를 엿들어 보라
내 시에 깃든 영혼의 가벼움을,
아무에게도 들리지 않을 그 음성을,
끝내 볼 수도 없는 밝은 햇살 속으로
사라지는 것, 밤하늘에 별똥처럼 날아가는
인생의 아름다운 풍경을.

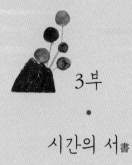

3부
·

시간의 서書

書 ― 기록하다

시간 1
– 시간을 펼쳐 보니

허물어지는 것들이 보인다
겨울 하늘
허옇게 부서져
태고처럼 손닿지 않는 정다움
벋어가는 인정의 끄트머리에
티끌로 날리는 석양이 보인다

성채城砦가 무너지고
산이 떠밀리는
생생한 그림이 펼쳐진다
철새가 날고
뒤로 달리는 시간이
불빛처럼 번쩍인다
밝은 날빛을 밀어내고
완강한 어둠의 병사兵士가 다가와

드디어 기침하는 내 영혼
잊혀졌던 시간이 보인다
무너진 허공으로
철새처럼 돌아오는 영혼….

시간 2
– 시간을 감지하라

정지된 숨결
흐르는 시간의 고요
눈, 감으면 내 안의
침묵의 세계가 열린다
화음和音의 날개
결코 육신의 귀로는 들을 수 없는
희열이 고동친다
무한無限으로
깊이 빠져 들어가는 시간
그 시간을 감지하라
영원한 시간
침묵의 세계, 미지의 세계
내 안의 영원한 화해.

시간 3
– 내 안의 시간

내 생의 시계는 지금 몇 시일까
흐르는 시간을 감지하라
내 안의 시간을 감지하라

내 영혼의 귀는 듣고 있는가
침묵의 시간을 감지하라
내 안의 영혼아 깨어나라

깨어나 시간을 감지하고
깨어나 침묵의 천성天聲을 들으라.

시간 4

미지의 시간
신화의 세계
신神의 나라
그 시간의 영원함

내 안의 환상이여.

빛의 갱부坑夫

처음 빛을 의식했을 때
그때의 빛을 찾기 위해
나는 관념 속에서 뛰쳐나온다

처음 본 빛의 원형을 찾아
나는 갱부가 된다
가장 잘 보존되어 있는
빛의 씨방
깊이깊이 지하로 내려갈 때
나는 혼돈에 빠진다
검은 고양이의 울음이 먼저이고
시간이 뒤에 돌아온다
눈빛, 그의 눈빛은
어디서 빛나고 있는가
빛의 메아리는 없는가
나는 빛의 무게를 생각한다

검은 석탄을 퍼낸다
더 깊은 곳으로

어둠의 밀실로 접근한다
지상엔 비끼는 노을
서쪽으로 흐르는 물 두렁의
쉬임 없는 시간이
나에겐 그대로 정지된 채
가사假死의 빛 더미가 창백한 탈을 쓴다

의식意識의 전진
계속 뚫어 내는 빛에의 광맥
더러는 역逆의 세계로
신선한 공기를 마시기 위해
지상에 오른다
박제된 노을
싸늘하게 누워 있다
거리를 잴 수 없는 곳에서
처음 그 빛의 숨결이 들려온다
태초의 빛을 찾기 위해
나는 혼돈에 빠진다
지상의 어둠

무형의 빛
그 변주의 시간 속에
나는 역逆으로 갱坑을 따라 내려간다
가장 날카로운 괭이로
검은 광맥을 뚫어 낸다
새 빛을 찾아
어둠을 살라먹는
살아 있는 공간의 지금 시간을 위해
빛의 원형을 캐러 간다
한 발짝씩 어둠을 뚫어 내고
빠져나가는 힘의 축적을 위해
빛의 자장磁場에 손을 뻗는다

처음 나의 빛을 찾기 위해
살아 있는 의식을 찾기 위해
나는 완전한 어둠 속으로
갱부의 눈을 뜬다
천 년이 걸릴까, 내 빛의 작업은.

해는 지는데

해는 지는데
아직 갈 길은 멀고
누구 하나 말벗이 없구나

서산에 불타는 해님은
뉘엿뉘엿 사라지며
네 가는 길의 끝은 어디냐고
조용히 묻고 있지 않는가

멧새들이 소곤대며
잠자리를 찾아가는 모습은
나를 외롭게 한다

어느 토담집 아궁이 앞에서
회나리 지피며 눈물짓는
아낙네의 머리 수건에
하얗게 쌓이는 솔 내 향기가
나는 그립다

산 너머 마을에도
해가 지겠지,
이 저녁의 적막寂寞
찾아드는 어둠 속에서
나는 별을 보았다

내가 걸어온 길은 어디로 사라졌을까.

세월의 흔적

나무 나무 나무
울타리 너머 나무들이
가까이 멀리
저마다 거리를 두고
누군가를 그리워한다

멀리 멀리 멀리
나무들은 숲을 이루고
낙타 등이 되었다가
더러는 기린의 목이 되어
겹겹 산맥을 이루어
누군가를 생각한다

나무와 나무가
숲과 숲이
산과 산이 줄지어
산맥을 이루어 벋어난다
열차가 달리듯
허허벌판을 질러

원시原始의 나라로
누군가를 찾아가는 나무

달리는 열차, 창밖으로
저만치 물러서며 사라지는
세월의 흔적.

자화상 自畵像

어쩌다 한 번씩 바라보는
거울 속에서
나의 세월을 돌아본다
체온도 식고
눈물도 없다
앙상한 수염과 수척한 주름살,
그 속의 해골이
삐걱한다 탈골이라도 했을까

매운 겨울바람에
떨어져 나간 빈 집의 문짝들이
활활 타는 모닥불에 재가 된다
무너져 내리는 돌산의
폭풍이 거울 속을 지난다

어쩌다 바라보는 이 형상에
나는 애정을 느낄 수 없다
한 여인에게
길을 물어본다

수줍어 붉어지는
내 얼굴을 확인하기 위해서.

빛의 하루

해 속에서 새 빛가루를 묻히고
바닷속 헤집고 나와
반짝반짝 전파를 낸다
제일 먼저
산봉우리 바위틈
비집고 나오는 멧새
밤새 흘린 어둠의 눈물
이슬이 괴어 그의 눈 속에
빛을 준다
고목古木에 감긴 여린 수박풀에 앉아
마을을 내려다본다
솟아오르는 굴뚝 연기
하늘 높이 흩어지는
시간의 피안彼岸을 좇는다.

여로旅路

가도 가도 끝이 보이지 않네
들메끈을 고쳐 매려고 풀섶에 앉았다
하늘을 보니 붉게 타오르는 저 아득한 세월
숨을 죽이게 되네

해어진 신발은 들메끈이 끊어졌고
앞창은 벌어져 더 이상
못 간다, 못 간다 개구리 울음을 한다
저 불꽃은 곧 검은 재가 되어 흩날리겠지

여기까지인가 보다
내가 찾아 가던 곳
이 숲 속이 바로 내 보금자리인가 보다.

오열嗚咽

울고 싶은 밤이다
먼 강가에 서린 정적靜寂,
밤 낚시꾼의 헛기침이
조용히 파문 지는 수면에
피를 토해 달을 그리듯
나의 진실은 울고 싶은 밤이다

비정의 메아리로
둥실 떠버린 성좌星座
홀연히 나팔처럼
천지를 울리고 싶은 밤이다

자정子正을 울고 섰는
저 종루 위의 시계탑에
흔들리는 잎의 속삭임을
들을 수 없는 나

황량한 뻘밭에서
울고 있는 짐승의 곁으로

파도 같은 사랑의 음성을
아, 내 울음을.

결별訣別 1

우리 사이엔 눈물이 있다
사랑과 미움의 정이 눈물을 잉태하고
계절마다 풍경으로 남는다
문득, 결별訣別의 시간
눈물이 흐르고
눈물은 메말라 버린다

풍경은 바뀌고
아름다운 순간, 눈물겨운 순간
조용히 떠남의 사실만이 드러난다.

결별訣別 2

나와 풍경 사이엔 거리가 있다
서로 손짓을 하고 눈웃음도 친다

나와 풍경 사이엔 시간의 강물이 흐르고
그리움이 쌓이고
쌓여서 바람에 날린다.

결별訣別 3

벌판 한가운데서
결별의 시간을 맞는다
서쪽으로 벋어나던
그 기세가 잠시 꼬리를 감추고
다시 동편으로 사라진다

벌판의 한가운데서
나는 사라진다.

어느 인생

이제야 내 뒷모습이 보이는구나
새벽안개 밭으로
사라지는 모습
너무나 가벼운 걸음이네
그림자마저 따돌리고
어디로 가는 걸까.

나의 형상

밤사이
하나님은 쉬지 않고
나의 형상을 새로이 지으신다

이른 아침 뜰에 나서면
풀숲에 숨은 이슬
햇살이 꿰어 매듯
사랑을 엮어 주네
밤사이 진 감꽃들이
하얗게 웃음 짓는다
못다 한 결백潔白의 생명으로
내 형상을 짓는다

아, 밤사이
내가 무엇을 꿈꾸었나
어둠에 빠져 허우적거리며
먼 데만을 향해
손짓을 하였구나

이 아침의 밝음을 두고
이슬의 총명과
감꽃의 결백을 두고
나의 참 형상을 두고.

숨

언 강물이 풀리고
산비탈에 쌓였던
크낙한 눈사람
그 무게를 헐어내는 소리
꽝 꽝 눈사태가 났다

왜 이러는 것일까?

들녘 황토골에 솔바람이 일고
솟아라 솟아라 눈치 보듯
흙 속의 새순이 숨을 쉰다

저마다 제 시간을 기다려
숨마다 햇빛을 머금고
이슬을 마신다
아, 숨 쉬는 이 생명 현상.

생명 현상

눈 감고 마음속에 보던 저 세상
조용히 그리고 숨죽여 눈을 뜬다
너희들 숨소리에 귀를 벋다
이 경건함
이 사태에 나는 눈이 멀고 귀가 막힌다
충동의 생명 현상生命現象-- 그 함성을 듣는다
멀리 회색의 지평으로부터
태풍처럼 몰아치는 이 힘의 천지에
나 어디에 섰는가
살아 있음으로 화합하는
이 사태-- 백색의 언어들
춤추듯 날아오는 설레임.

내 안에 귀 대어 보면

그림처럼
편히 누워 쉬고 싶다
무게를 빼어버리고
소리 없이 날고 싶다

그냥 누워만 있을 수 없는 시간
흔들림의 소리
밖의 소리에 귀를 기울인다

더 먼 곳으로
아주 작은 풀벌레의 소리까지도
뜻있게 날아온다
아, 그때 내 무게는
무중력
우주여행처럼
비로소 무게를 느낀다

다시 밖에서 안으로 귀 대어 보면
내가 살아 있음을 엿듣게 된다

내 안의 생명,
그 신비의 소리를 듣는다

맑은 물속에서
힘 있게 뛰는 고기 떼,
그 은빛 비늘이 갑옷처럼 빛난다

내 안의 생명,
그 소리에 일어나고 싶다.

반추反芻

그렇게 애태우던 것
다 가고
나는 하늘에 떠가는 것
흰 구름이나 바라보는
언덕 위의 목동

저만치 풀 뜯는 황소를
두고
사랑, 질투를 물어보고
또 그러그러한 것
다 물어봐도,

"나는 몰라"
꼬리만 흔든다
저 산자락을 향해
돌아올 줄 모르는
망아지를 불러 본다.

어느 기관사의 당혹當惑

손을 흔들어 기차를 보낸다
기적汽笛을 울리며 장정長征에 오르는
무한의 흐름이다

실은 내가 타고 떠나야 했을
기차를, 너만 보내고
나는 플랫폼에 남는다

모두 떠나고 빈자리
세월의 생채기가 울창하다
잿빛의 숲이다
살아서 떠난 자들과
홀로 남아 있는 자의 거리距離가 보인다

기적汽笛이 들리는 언덕 위에서
은하수가 보이는 언덕 위에서
손을 흔들어 기차를 보낸다
기적 소리 뒤에 남는 고요
은하수 끝에 보이는 절벽.

독수리

망토를 두른 듯
당당한 위풍으로
바람을 타누나

산맥을 넘어
들을 가로질러
바위 절벽
그 위에 독야청청한
소나무에
날 선 발톱으로 내려앉을 때
골짜기엔 섬찟 정적이 감돈다

바람에 실려 비상하는 영웅
유유히 창공을 제압하고,
거기에 너만의 자유
너만의 의지가 지배하는 곳

수직으로 낙하하는 한순간
먹이에 집중하는 눈동자는

적의敵意로 빛나고
나는 소름이 끼치도록
창백해진다
무서운 희열에 빠진다.

무섭게 벋어 오르던 덩굴 속의 빈 의자에는

오랜 세월 나무숲에 가려 있는
나의 학교
빛바랜 벽돌 벽에
무섭게 벋어 오르던 덩굴
그것은 내 유년의 꿈이었구나
모든 형상의 그림자를 뛰어넘어
뭉게구름처럼 피어오르던 여름

그 여름은 어디 가고
친구들은 어디에 있을까
세월의 그늘에 지도를 펴놓고
먼 나라로 떠난 종소리

빈 강당에 들어서자
텅텅 빈자리
모두가 낯설고 이상하다
지붕 밑 유리창으로 쏟아져 내리는 햇살
오직 그것뿐이구나

내 자란 키만큼
손등에 주름진 나이만큼
조용히 울어 보고 싶은 시간
아무도 찾아오지 않는 뜨락
어디선가 내 이름을 부르는 소리
그 환청에 놀란다.

가을 1
– 낙엽제 落葉祭

아침 안개가 걷히며
뜨락은 수정水晶같이 맑다
원색의 낙엽을 주워 모으다
그냥 낙엽 위에 앉아
세월을 바라본다

한여름 그늘에 누워
먼 산 그리며 채색하던
푸른 잎들이
이제는 내 손에서 부서진다
후박厚朴나무의 마지막 잎이 지는 소리
서걱이는 갈색의 허망

오늘 마지막
낙엽을 모두 모아 놓고
낙엽제를 갖자

활활 불태우고
연기 남은 뜨락의

어느 아침 곁,
나는 혼자 일어선다.

가을 2
– 귀로 듣는 가을

가을은 가장 먼저
내 귀로 다가온다
귀뚜리가 맑은 소리로
새벽잠을 깨우니까

잠 안 오는 새벽엔 인생을 곱씹어 본다
꿈속의 현실인지
현실 속의 꿈인지
과연 세월은 허망한 것일까

산에 오르는 건
화려한 단풍의 빛깔을 좇아가는 것
험한 등산로 아래
흐르는 냇물 소리에
발을 담근다
눈을 감는다

그때 정적을 깨는 새소리에
화답하듯

소슬바람이 분다
먼 바다의 파도 소리로
숲 속의 나뭇잎들을 떨구고

더 숨죽여 귀를 멈추면
산과 산이 손뼉을 치듯
노을을 향해 어둠을 합창한다

자연을 보라
자연의 소리를 들어 보라
귀로 듣는 가을,
거기 내 하나님의 음성이 숨어 있음을.

가을 3
– 가을이 오는 소리

가을이 오는가
무력했던 여름
비극의 환상이 언뜻언뜻
무더위로 사라진다

이제 무엇을 더 기다리겠는가
어둠의 꺼풀을 벗고
먼동이 꿈틀대는 모습
무엇인가 살아 움직이는 것들의
순리를 보러 가자

홍건히 이슬에 젖은 발부리로
이 육신을 세우고
대지를 향해 나선다
마을을 나서는 기침 소리
가까이 흐르는 냇물 소리
살아 있는 모두의 안부를 묻는다

차가운 소리

가을이 온다, 내 정신으로
살아온다.

가을 4
– 가을 손님

여름내 우리 집 정원은
텅 비어 있었네
잔디도 깎고 장미도 가꾸며
부푸는 구름의 형상을 따라
키 재던 해바라기의 꿈

먼 산 넘어 오는 뇌성雷聲
주춤 물러앉던 석신石身의 수인水印에
여름 꽃들이 진다
무지갯빛 파라슈트가 낙하하는 듯
자귀나무 꽃가지 그 사이로
휑하니 서쪽 하늘의 일몰 풍경을…

아침 햇살에
달리아 몇 송이 피어
환한 얼굴을 하고
홀연히 방문해 온다.

갈대밭 철새밭

갈대숲에선
먼 파도 소리가 들린다
허옇게 날리는 갈꽃들이
철새들의 깃털처럼 아름답다
얼지 않는 늪에
철새들이 내린다
잿빛 하늘을 헤집고
저마다의 날개, 스카프를 날리며
떠나온 시간을 접는다

여기는 뻘밭
나는 문명의 나라를 떠나온 나그네
지난해 두고 간 기러기 울음을
다시 채록한다
갈대밭 철새밭
숲은 하나가 되어
조용히 목 놓아 울고
무엇인가 간절한 비원悲願의
고운 노을이 비껴 선다.

강설降雪

반듯이 누워
밤새 잠을 이루지 못한다
이 눈부신 백야를
나는 숨죽여 듣는다
부활하는 생명의 합창을
어둠 속에서 듣는다
사태沙汰로 낙하하는 분신分身들,
비로소 빛으로 보는 아침이 온다
눈부신 지상地上,
잠든 대지大地에 까치가 날아온다
샘물은 맑아지고
풀밭 속엔 푸름이 숨어 있다
보이지 않는 내일이 다가온다.

그림자

　그림자 중엔 사람의 그림자가 제일 초라하다. 사람의 그림자 중엔 내 모습, 육신의 그림자가 초라하다. 사막의 선인장처럼 엉성한 가시와 밑동이 잘려나간 무시래기처럼. 거추장스럽다. 정오正午를 맞아 그림자 없음의 가벼움, 내 존재를 드디어 확인한다. 〈없음〉의 의미, 내가 없음으로 육신의 그림자도 없다고. 오늘은 비 오는 날이 그립다. 육신의 허물을 잊어버리고 싶다. 그립다. 잊어버리고 싶다.

눈물의 의무義務

눈물이 흐르고 있다는 것은
나는 아직 살아 있다는 것
트인 하늘이며, 어느 산 밑으로 향하여
감격할 수 있는 불면의 눈은
화끈히 달아오르는 불덩이
열망하듯 호소하듯,
그것은 귀한 보석을 지닌 것

눈물이 흐르고 있다는 것은
아주 먼 날들을 더듬어
훈훈한 초원으로 풍기는 바람 속,
생명으로 이어오는
많이 반짝이는 별처럼
나는 아직 살아 있다는 것
생각한다는 것

아직 남아 있는 시간과
마음껏 주어진 자유로
어쩔 수 없이 눈물이 흐르고 있다는 것은

많은 소망으로 애무愛撫하는

이 절대絶大한 생명의 의무.

시간의숲은 당신의 시간 속에 자라는 지혜의 나무입니다.

박이도 詩 선집
가벼운 걸음

초판 1쇄 발행 | 2019년 1월 15일

—

지은이 박이도
펴낸이 임영주
펴낸곳 시간의숲
주소 경기도 성남시 분당구 서현로 216, 707호(서현동, 오벨리스크)
전화 070-4141-8267
팩스 070-4215-0111
전자우편 book-forest@naver.com
홈페이지 www.sigansoop.com
인스타그램 instagram.com/sigansoop
페이스북 facebook.com/sigansoop
등록 제2016-000001호(2016년 1월 4일)

—

ISBN 979-11-957491-6-4 03810
정가 8,500원

—

이 도서의 국립중앙도서관 출판예정도서목록(CIP)은 서지정보유통지원시스템 홈페이지(http://seoji.nl.go.kr)와 국가자료공동목록시스템(http://www.nl.go.kr/kolisnet)에서 이용하실 수 있습니다.(CIP제어번호: CIP2018040116)